故障

姊姊的魔幻電梯

明・勒 Minh Lê 著

丹・桑塔 Dan Santat 繪

黃筱茵 譯

嗨，我叫小虹。

小虹

心情不太好的時候，有件事總是可以讓我打起精神！

就是按電梯按鍵。

很幸運，那正好是我的工作。要上樓還是下樓？回家還是到一樓？

星期二

星期三

我總是負責按電梯。

直到有一天……

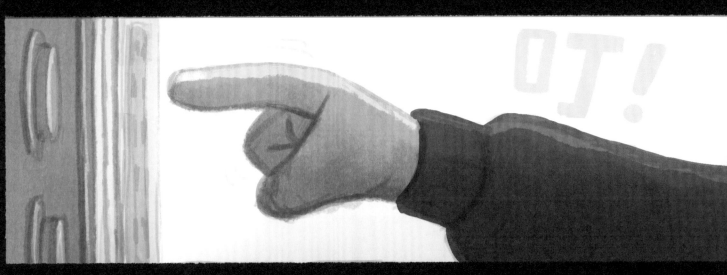

真是夠了！我知道這樣不對，可是我實在忍不住嘛。我按了⋯⋯

叮ㄉㄥ。

叮ㄉㄥ。

叮ㄉㄥ。

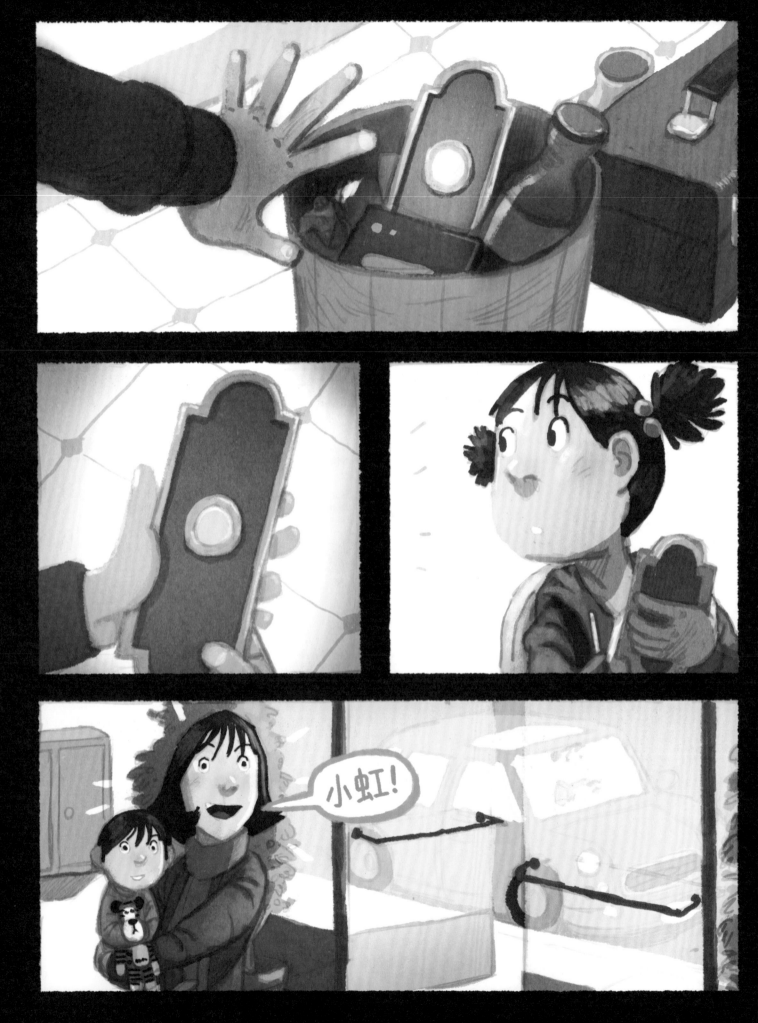

等我們回到家，我只想自己一個人。

去哪裡都好，只要離開這裡就行了。

小寶貝們，我們很快就回來！愛你們唷！

我ㄨㄛ看ㄎㄢ看ㄎㄢ唷ㄧㄛ……先ㄒㄧㄢ吃ㄔ晚ㄨㄢ餐ㄘㄢ，然ㄖㄢ後ㄏㄡ……

星球大挑戰

我ㄨㄛ帶ㄉㄞ了ㄌㄜ遊ㄧㄡ戲ㄒㄧ喔ㄛ！

晚ㄨㄢˇ安ㄢ安ㄢ！

總算
ㄗㄨㄥˇ ㄙㄨㄢˋ

啪噠

叮!

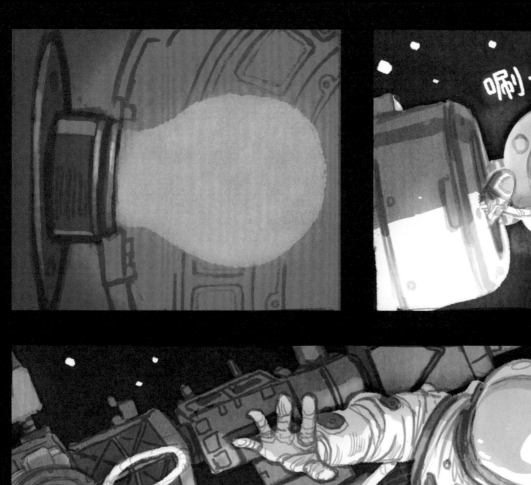

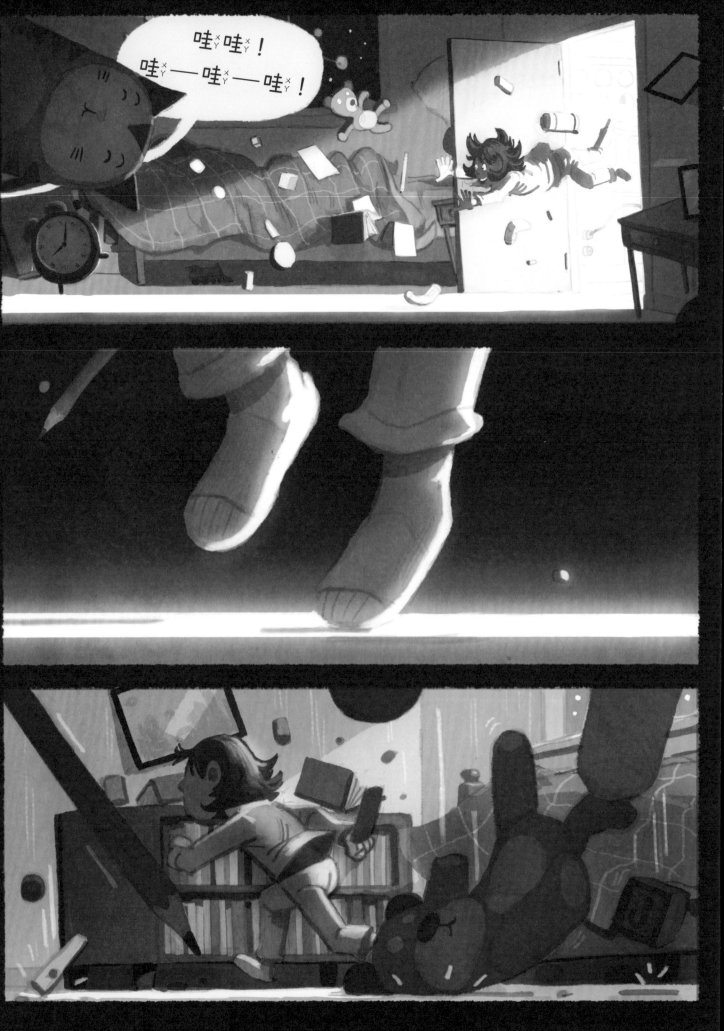

我ㄨㄛˇ知ㄓ道ㄉㄠˋ
你ㄋㄧˇ需ㄒㄩ要ㄧㄠˋ什ㄕㄣˊ麼ㄇㄜ……

山頂上

山頂上

第二天早上，我興奮的醒來，滿心期待下一次冒險。

呵啊～

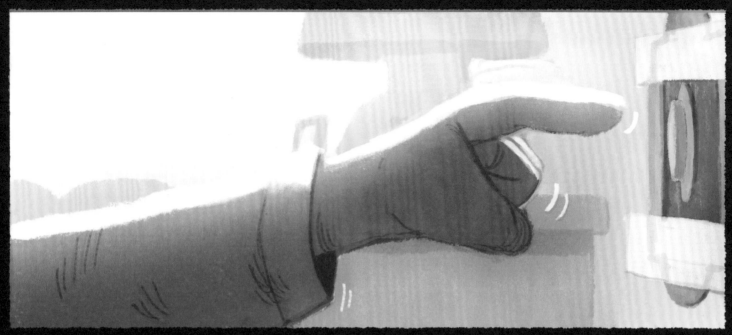

不過有什麼事把我拉了回來。

畢竟每個人有時候都需要提振一下精神。

獻給我的姊妹——甜和薇，
謝謝妳們一輩子都幫彼此打氣。——明‧勒

獻給亞列克和凱爾。——丹‧桑塔

繪本館
姊姊的魔幻電梯
小麥田 Lift

作者：明‧勒Minh Lê／繪者：丹‧桑塔Dan Santat／譯者：黃筱茵／封面設計、美術編排：翁秋燕／責任編輯：蔡依帆／國際版權：吳玲緯／行銷：闕志勳、吳宇軒、陳欣岑／業務：李再星、陳紫晴、陳美燕、葉晉源／總編輯：巫維珍／編輯總監：劉麗眞／總經理：陳逸瑛／發行人：涂玉雲／出版：小麥田出版／10483台北市中山區民生東路二段141號5樓／電話：(02)2500-7696／傳眞：(02)2500-1967／發行：英屬蓋曼群島商家庭傳媒股份有限公司城邦分公司／10483台北市中山區民生東路二段141號11樓／網址：http://www.cite.com.tw／客服專線：(02)2500-7718｜2500-7719／24小時傳眞專線：(02)2500-1990｜2500-1991／服務時間：週一至週五09:30-12:00｜13:30-17:00／劃撥帳號：19863813／戶名：書虫股份有限公司／讀者服務信箱：service@readingclub.com.tw／香港發行所 城邦(香港)出版集團有限公司／香港灣仔駱克道193號東超商業中心1/F／電話：852-2508 6231／傳眞：852-2578 9337／馬新發行所 城邦(馬新)出版集團 Cite (M) Sdn Bhd. 41, Jalan Radin Anum, Bandar Baru Sri Petaling, 57000 Kuala Lumpur, Malaysia.／電話: (603) 9056 3833／傳眞: (603) 9057 6622／讀者服務信箱 :services@cite.my／麥田部落格：http:// ryefield.pixnet.net／印刷：漾格科技股份有限公司／初版：2023年1月／售價：399 元／版權所有‧翻印必究／ISBN：978-626-7000-84-7／EISBN：9786267000854 (EPUB)／本書若有缺頁、破損、裝訂錯誤，請寄回更換。

姊姊的魔幻電梯/明‧勒(Minh Lê)著；丹‧桑塔(Dan Santat)繪；黃筱茵譯. -- 初版. -- 臺北市：
小麥田出版：英屬蓋曼群島商家庭傳媒股份有限公司城邦分公司發行, 2023.01
面；公分. -- (小麥田繪本館)
譯自：Lift
ISBN 978-626-7000-84-7 (精裝)

874.599   111015933

LIFT

Text copyright © 2020 by Minh Lê
Illustrations copyright © 2020 by Dan Santat
This edition published by arrangement with Little, Brown and Company, New York, New York, USA. through Andrew Nurnberg Associates International Limited.
Complex Chinese translation copyright © 2023 by Rye Field Publications, a division of Cite Publishing Ltd.
All rights reserved.